実りて光る

高野敏子歌集

青磁社

実りて光る＊目次

高野敏子歌集

実りて光る

I

一九八三—一九八五年

桜

そよ風にさるすべりゆれ紅の花乾きし土に一つ散りくる

亡き母の歳を迎えて退職す母おわさばと悲しみつのる

夕日かげ金閣に映え声もなく佇むわれをガイドせかしぬ

ビルの間の坪庭に秋の光みち小さき蝶の今日も舞いいる

まばらなる雑木の中にまじり咲く椿の赤は灯《ともしび》に似て

初春の空澄み渡りつねづねは喧騒の町並み静まりかえる

窓きしませ春一番の過ぎし朝枯葉の渦に陽の輝けり

冬庭に鵯《ひよ》鳥一羽飛びきたり鳴き声高く春告げてゆく

主《ぬし》去りし隣家の桜ほころびぬビル建設のつかの間の春

ブルドーザ早朝《あさ》より響き家崩る瓦礫《がれき》の山に雨しとど降る

あじさい

レントゲン透かして診つつ若き医師勤めの疲れと冷やかに告ぐ

あじさいの鮮やかなりし道の辺にはや沙羅咲ける今朝も通院す

通院のゆき来に聞こゆる蟬しぐれなびく柳を仰ぎつつゆく

消防の鐘深夜に響き向つ家は炎と黒煙うず巻き上る

プールより子らの歓声風に乗りマイクに教師の声のみきびし

板前になりし教え子夜半に来て争いしあとか涙ぐみおる

進学をやめて板前になるという教え子の背を夕日は照らす

治療待つ間終戦の日を語り合う声かすれがちみな老いてゆく

空襲におびえ育てしいとし児にうとまるる日を老婆歎きぬ

受話器持ち確かむる間も胸おどり初孫生るる予定日くり返し聞く

小すずめ

軒に来て枝に渡れぬ小すずめの親待つ声に夕やみ迫る

朝の日に落葉光りぬ桜柿公孫樹も交り色妙に映ゆ

満開の菊日に映えて窓辺より香ただよう静かなる午後

虫の音のさえる夜ふけはせつなくて古人はいかに老いを思いき

秋の夜のしじまをやぶる暴走族若き血潮は何に抗《さから》う

朝の日に姫ざくろの朱色まして大きく小さく実りて光る

三宅島火噴き溶岩山をのむ樹樹に火走り地獄のごとし

見舞にと送られし蜜三宅島と印されいて胸痛む日々

のり出して配給空襲語るとき老いの目光り昔なつかしみぬ
（病院の待合室で）

ようやくに姫りんご成りぬ亡父《ちち》に供う花も実もよしと植えたまいき

病みて

しびれゆく喉を胃カメラのびゆきてあと五分の声堪えつつ聞きぬ

夕日背に病院を出ずる影も疲れ検査の長き一日終りぬ

胃カメラの結果を聞きし吾子とわれ師走の町に黙然と出ず

患いし身に除夜の鐘せつなかり去年《こぞ》は「学級だより」書きつつ聞きしに

病みてより亡き父に語ることのふえ成人の日を墓に詣ずる

ダンボールでゴム蘭棕櫚を囲み終えここにも退院待つ生物《もの》のあり

入院へパーマ顔そり終えし背に美容師の世辞むなしく響く

雪残る庭に早春の陽きらめきて雨だれの音しきりに聞こゆ

春セーター華やぐ飾窓《まど》に映りゆく着ぶくれしわれに眼《まなこ》をそらす

ざわめきの観光バスに春の陽のきらりと走る病院への道

入院

吾を呼ぶ声近づきて麻酔より生への痛みはじまりていつ

病室より大地の春は見えねども流るる雲にそを知りてゆく

寝静まりし廊下に医師の走りゆく緊迫の刻《とき》を息ひそめきく

病室に「元気になったら」の声はずみいつか黙り込む春の日の午後

人生の明暗分くる非情さをはらみし病舎に春日うららか

私鉄スト回避の報にラッシュさえなつかしみいる病床の日日

生と死を手術にゆだねストレッチャーで運ばるる音徐々に薄るる

煌々と闇に輝やく手術室の人影かすか息ひそめ見つ

病院の窓に暁光のさし初めて荘重なる気のみなぎりてゆく

病室に「消毒中」と貼られいて長病みし人逝きしを知りぬ

退院

病窓に光と雲の織りなせる空小さけれど宇宙に続く

病むほどに生きざま露《あらわ》になりゆきて来し方引きずる性《さが》のかなしさ

退院の挨拶かくも苦しきか帰る日遠きひとの涙に

生と死の凄まじき刻《とき》かいま見し外科病棟より今退院す

退院後渡されたりし友の訃報心臓発作の文字にくらめり

吾が手術に「医を信じよ」と励まししし友の訃報に震え止まざり

街角を流す軍歌に声合わせ高ぶる心のやがてかなしも

蟬時雨の木陰に集う乳母車はじける声を窓に吹き込む

オリンピック参加の国を地球儀に捜しておりぬ陽の強き昼

ロス五輪の覇者具志堅の頬ゆがみ国旗仰ぎて涙光らす

ゆく秋

花どきも紅葉も愛《め》ずる主なき庭桜大樹に夕日のもゆる

売られゆく地に桜木の紅葉冴え西日浴びつつ散りゆくさびし

倒産して扉閉ざせる裏庭に雑草《あらくさ》伸びて虫の音しきり

秋深く色づき初めし万両に冬厭いつつ雪を待ちおり

掃き寄せし枯葉のあとの日だまりにかまきりふたつ身がまえて出ず

しなやかに萩ゆれながらビルの間に今年の秋の訪れを見る

忘れいし小菊咲きしが去年の紅消えて白きが日に向かいおり

みどり児のやわらかき髪吾子に似てウェーブあるを慈しみ撫ず

本四架橋に亡母の故里近くなれど恋う人待つ人今亡き口惜し

一攫千金を狙いて菓子に毒を盛り挑発止まず憎悪うず巻く

春一番

昭和六十年ともに波乱の歳月のかえらざる日よ吾も還暦

孫抱きて新春《はる》を迎うるひとときの小さき幸せ病みてかみしむ

ガラス戸に雑木を透かす光ゆれ寒さに凍《い》てし庭に風舞う

凍て土に芽吹き初めたる水仙に朝露光りて春一番過ぐ

吹き荒れし庭に芽吹きの緑冴え雲のかなたの春近づきぬ

子の寝息聞きつつ編みし遠き日の顕ちくる夕べ独り編針《はり》持つ

脳手術の友何見つむ応えなき掌の温《ぬく》もりかなし

再会は桜の下にてと退院に約せし友逝き春の近づく

地を抱く桜大樹の切株をシャベルカーギギーと音立てて掘る

春待たず桜の大木倒されて白き木膚を寒風さらす

鳴門大橋

春風を両掌につかみ二三歩をあゆむ幼児の瞳輝やく

ぬいぐるみの犬とライオン寄り添いて主待つ顔にラッパ吹きやる

裁判所を出で来し母子《おやこ》肩寄せて桜花の下を足早にゆく

年毎の桜に託せしわが希《ねが》い夢に終りて六十路を迎う

還暦に集える友ら戦《いくさ》経て哭きし日もありひたぶるに生き来し

還暦の赤きセーターに若やぎて去年の病癒ゆる思いす

渦潮のしぶくかなたの亡母の里《くに》大橋架かる今日とはなりて

渦巻きて大波しぶくデッキよりかすみて見えし遠き日の鳴門

ビルの間の光と影に風渡り若葉の耀いひろがりてゆく

海ゆかばの曲流れゆくを「つらいね」とブロック積みつつ老いのつぶやく

百日紅

降る雨に姫りんごの実洗われて葉かげに翡翠の珠のごと見ゆ

退院の日の紫陽花は眩しかりき長雨に花の咲ききわまりて

梅雨あがり群れ飛ぶ雀に雲間より日射しきらめき夏の近づく

晶子リサイタルの「君死にたまうこと勿れ」の合唱に高ぶりしまま夜の町ゆく

今日もまたことば覚えし幼児のはじける声に蟬時雨降る

炎天に咲く百日紅燃え立ちて流るる雲にその香放てり

ひまわりもへちまも枯れし校庭に夏の終わりの風渦を巻く

剪定を終えし庭より吹く風に残暑の匂いそよと揺らぎて

墜落の無念の叫びこだまする八月の空に雲の流るる

墜落の刹那を語る傷心の少女の瞳にいのち輝く

II

一九九〇—二〇〇一年

ビルの窓

小春日に椿のつぼみ光りおり燃ゆるいのちを静かにたたえ

あざやかに咲ける山茶花朝ごとに花びら散らし紅重ねゆく

土深くいのちあずけて裸木の枝さゆらがず冬近き空

陽も風も直に入りくるビルの間の萩しなやかに秋を咲きつぐ

降る雨はビルの壁這いたちまちに先争いてすべり落ちくる

反射する等間隔のビルの窓雨に打たるる刻を安らぐ

灯の消えしビルの窓辺に月光の淡くさしいて巨体静もる

海鳴りの沖盛り上がり荒波の寄する砂丘に炎ゆる陽を浴ぶ

山陰の荒波またぐ鉄橋に列車軋みて走る風みゆ

幾重にも浮かぶ白雲陽に映えて向かう車窓に秋うつしゆく

桜

駈けてゆく少女の脚ののびやかさ力弾みて朝光ゆらぐ

沈丁の香りほのかに風にのり陸橋渡る少女をつつむ

陸橋を一気に駈ける若きらのはじける力に橋ゆれ続く

陽と風に戯れながら桜舞う平安宮に満つる人声

舞いこみし桜車内の床に散り照りかげる陽に抱かれつつゆく

とめどなく散りゆく桜夜半までもしらじらふぶき月光に冴ゆ

萌えいずる樹木の色あい異なりて朝の光に淡く華やぐ

霧雨にぬれたる樟の大樹よりあふるるごとき匂い降りくる

こつこつと戸籍に名前打たれいるタイプの音にふくむ哀歓

孫の名を戸籍に記すタイプの音鼓動聴くごと耳すましおり

白内障の手術

手術開始の声とライトに全身の血がさかまきぬメスの音する

除かれる水晶体に映りいし出会いも別れも消ゆる一刻

眼帯をはずされし瞬間病室のあふるる光が眼にとび込みぬ

透明の点滴液に夕陽さし虹のしずくのころころと落つ

鈴なりの橙病窓《まど》より見つけたり朝陽に映ゆるなつかしき色

白壁に影落としいる裸木の一枝ごとに濃淡ありき

雨の日の傘それぞれに表情ありピンクの傘の駈けぬけてゆく

曇天と思いし空の明るさをくまなく眺めん今日は東を

刻刻と沈む夕陽の華やぎも忽ち消ゆる冬の病室

冬空に浮かぶ白雲光抱き濃淡の影えがきつつゆく

旅

突きあたり折れまがりゆく丘の道朝の光に潮の香流る

空と海の光りあつめし灯台の白輝けり丘に風吹ゆ

あご湾に夕やみ迫り点在の筏静かに藻と眠りゆく

水面にさっといるかの跳ねあがり巨体は宙に弧をえがきいる

五十鈴川の水面かすかに波立ちてあまたの鯉の岸によりくる

五十鈴川の底まで光やわらかく石も硬貨も息づきゆるる

伊勢宮にひたすら祈る少女なりき木の間の光今日も目に沁む

五十鈴川に硬貨を投ぐる若きらと神域をゆく　時は流るる

遠見ゆる松山城に霧ふかし葉桜の下をげたの行き交う

湯の香りただよう道後の銭湯に明治息づく破風の楼閣

晩秋

ソ連邦崩壊の日の地球儀に朝光さしてモスクワの輝《て》る

社会主義の理念をあつく語りいしかの青年のその後を知らず

レーニンの檄飛ばしいる銅像の倒されゆくを見つむる群集

開戦の日またためぐりきぬ喪いしものの影引く半世紀なりき

落葉せし桜木《さくら》は小枝を網のごと空に広げて沈黙に入る

裸木の形はそれぞれ異なれどひそかに聴こゆいのちの水音

主去りし邸の庭に残る柿夕光あびて実の熟しゆく

ゆく冬に木瓜の朱の花咲き初めて蕾のあたま春に向きおり

落葉焚く煙の渦に朝光のしろじろ映えて山は晩秋

住吉の社の杜の高処より月光冴えて年あらたまる

宇治

早き瀬に光と雲の波立ちて朱の大橋に風わたる見ゆ

宇治川のゆたけき流れに緑映え先陣の碑に光る風みゆ

池の面にゆらめく睡蓮木洩日にうす紅の今日の色刷く

宇治の地の窯の火まもる朝日焼茶碗にいきづくあかつきの色

友よりのハーブ花紅茶にゆらめきてしずかに匂う外は五月雨

友の家の焼跡に立ちて移転先宮崎県を息つめて見き

目じるしの灯籠残る一画は電線垂れて水溜まりいつ

京都にて再会せし日巻きもどす空白の時の杳くかなしき

金閣のかがよい水面に照り映えてふたりの影は池をめぐれり

ハーブ花の匂いに包まれ来し方をしばし想えり悪夢なりきと

旅

清盛の崇めし宮居の朱塗り映え青海に建ちて今に耀う

巌島の海に浮かべる大鳥居寄する波間にあざやかに耀《て》る

晩秋の山と川原の空間に錦帯橋は大き弧を描《か》く

なだらかな山と水澄む津和野路を京都とほこる白壁の町

白壁の残る津和野の水路澄みとりどりの鯉に夕光ゆらぐ

五百基の毛利主従の石灯籠苔生す木立に黙し立ちいる

（東光寺）

松陰の幽閉されし野山獄にさんさんと秋の陽蔀《しとみ》を照らす

松下村塾に学びし人の肖像に維新の志士の燃ゆるまなざし

土塀ごしにたわわに実る夏みかん香りただよう城下町萩

高原は空までひらけ点在の石灰岩に風の渦巻く
（秋吉台）

マンション住まい

マンションに電話のベルの鳴り響き静まる昼間独りとまどう

隣室への夜半の電話に弾む声今日を告げおり絆愛しき

八畳に渦潮のごと並ぶ本の頁の白がぱらぱら動く

レーザーの照射治療の暗室に前髪ときあげ呼吸《いき》を整う

眼球に真赤にひかる光線の輪が幾重にも描かれてゆく

オッケーと額の汗を拭う医師の言葉にこもるいのち光れり

ますぐなる月の光の炎《も》ゆる色わが裡照らし影おとしゆく

竹生島の高き石段杖つきてのぼる遍路に初夏の風舞う

石段に響かう経の声長くやがてはげしく霊山《やま》より聞こゆ

お遍路と語る一ときやすらぎて豊けき湖の夕映に佇つ

浮御堂

湖《うみ》の風山よりの風吹き抜ける御堂に音の原点を聴く

境内の芭蕉の句碑に老い松のかげゆらめけり湖は夕ばえ

浮御堂の「千体仏」の常夜灯たゆることなく今日も炎えいる

湖をゆくボートの水脈の一すじに浮御堂の灯朱くゆらめく

東塔の古色ゆかしきたたずまいに時の重みと安らぎありき

西塔は極彩色に輝きて天平の塔今よみがえる

並び立つ天平・昭和の塔の上に雲流れゆく薬師寺の秋

東西に塔の聳ゆる薬師寺に時とどまらず生もつかの間

春

春の雪降りつもりいる裸木に小さき木の芽ひそやかに萌ゆ

桃の枝にほつほつ光る花芽見え春近づきぬ風寒き朝

三月の光を浴びて月桂樹の濃緑《こみどり》の葉にかおり立ち初む

優勝者に古代ギリシアで冠らせし月桂冠を今にうけつぐ

優勝の瀬古選手への月桂冠頭上の枝葉風にゆれいき

満開の桜の白き静もりに花のいのちのひそと炎えいる

散り初めし桜花は淡く耀いて空《くう》に舞いたりひかる風見ゆ

テレビ

裁かるる人映しいるテレビ車に桜のふぶく裁判所の窓

法廷の人間模様映しいるカメラに見えぬ亀裂走れり

真実を非情な眼で撮る若きらの桜花の下に刻を待ちおり

宇宙よりの地球の像に森林と漆黒の海拡がりてゆく

遊泳の宇宙飛行士に地球のもつ引力思う歩行の意味も

七夕の夜空に光る木星に宇宙のなぞの近く解かれん

炎暑越えて

水涸れに敷石見ゆる鴨川は茜に染みて音なく流る

日盛りに夾竹桃の花あかし静かに流るる八月の雲

姫りんご色づく夏に雨なくて萎みしぼみて蓑虫となる

百日紅の木膚静かにはがれゆき木地みずみずと夏に息づく

炎ゆる陽に百日紅の花艶めきて今日も咲きつぐ情念のごと

地下深くとくとく水の流るるや炎暑咲きつぐ名残の花に

夕光におしろい花の咲き揃い路地に風湧く水涸れの風

斑によごればろぼろの葉の桜樹を台風の雨夜半までたたく

枯れ色の街路樹二本日盛りに木の影落とす乳母車の上

自転車も使い捨てなり　性能を誇る車にずらり赤札

浮世絵展を見て

浮世絵は愛せし人に守られてオランダよりの里帰りせり

歳月を経し和紙の色　手から手へ海越えゆきし浮世絵かなし

うす暗き光の中に浮かび出る墨色の線の今に息づく

両国の夜空に高く一すじの花火閃く広重版画

夜の闇に花火見あぐる人影の歓声聞こゆ両国の橋

大橋に夕立しぶく音聞こえ人走りゆく音もひびけり

眼光のするどき役者の大見得を画く写楽の筆の非常さ

役者絵の眼と口許に笑みありて演じつづけるむなしさよぎる

女性美の理想えがきし歌麿画じっと見入りて人の動かず

浮世絵の百六十点展示され絵師の評価の花開く今日

阪神大震災

燃えさかる炎を前に水の出ぬホースかかえて男号泣す

倒壊の壁に「六人生埋め」の張り紙冬の夕かげに沁む

スイスからの救助隊員犬連れて崩れし家の中に潜れり

捜索犬瓦礫の中の生存者に吠え立つる瞬間《とき》緊張走る

人間も国もひとりじゃ生きられぬ　物資背負いて若者うたう

朝の陽に相撲の幟照りかげり色とりどりの風を吹き上ぐ

窓ごしに朝陽土俵を照らしつつ掃き目に添いてひかりの流る

叫び声あげて一気ののど輪攻め土俵の際にくい込む足跡

勝ち抜きの力士めがけて技かける攻防の隙《すき》汗ほとばしる

うわ手投げはっしと決める早技に巨体土俵にもんどりうちぬ

夏近づきぬ

田舎町の花火工場に灯のともり往き来する影夏近づきぬ

いちめんに紅き軸木の干されいて花火工場の五月炎えたつ

夏の夜を彩る花火揚ぐるゆめ　梅雨の晴間に軸木を束ぬ

不審物に注意促す放送に静まる車内鋭き眼と遇う

霧深き富士のふもとのサティアンに教祖信ずる若者留まる

オウム教の真相の闇深かりき社会・教育を批判する声

ビルの窓全面ブルーのガラス張り人も車も濃淡に映ゆ

朝光にブルーのひかり窓に映え彩の風吹く発光のビル

長雨に青きかげりのうつろいて水滴斜めに光りつつ落つ

戦後五十年

広島へ帰郷の友の便りなく五十年経て被爆死知りぬ

海山の幸豊かなりと広島へ帰りし一家いずこに眠る

送別に集いし友ら再会を信じて笑顔の写真残せり

原爆ドーム世界遺産に　一発の閃光浴びて都市全滅せり

フランスは核実験をくり返す大国のエゴに惨禍はつづく

司政官になりし恩師の殉職に外地の危機にすべなきを哭きぬ

父上に抱かれて恩師帰国せり遺影静かに宙を見つむる

李小禮さん今どこですかバトンタッチの手ごたえ残る戦後五十年

焼跡に佇ちて母子の見上げにし十五夜の月　今宵は曇りき

八月のまた過ぎゆきぬ静かなる時移りゆき萩の咲き初む

黒部峡谷

黒部への赤きトロッコに吹き下ろす晩秋の風大き虹画く

山あいに白亜の殿堂聳え立ち異国情緒の発電所建つ

絶壁に風とどろきて渦を巻き光る落葉も大き弧を画く

山と風光と影のおりなせる原生林へトロッコのゆく

宇奈月の空青くして勾配のつづく道の辺ブロンズやさし

山迫り風のつめたき和紙の里温もりこもる懐かしき色

山裾をこがすばかりの残照に立つ友の顔美しく老いゆく

杳き日のあの子があなた肩寄せて校歌うたいぬ歳月残して

今日が一番若いのよ　と別れきぬ明日は黒部に雪の降るらん

癌のため入院中との友の文　一縷のねがい届かざりけり

霧の朝

霧深く街灯うるむ朝明けに近づく影のふわっと遠のく

残り火を掻き立てゆかん風のなき如月半ばの霧の朝おぼろ

空も陽も遮る霧のうす明かり近づきていずこに去りゆく人か

霧深き高速道の照明灯　漁火なりや宙に漂う

透き通る電話ボックスの明かき灯に黄のセーターの少女浮き立つ

朝霧に立ち上がる樹樹しっとりと光り初めたりまぼろし色に

自転車の灯たちまち過ぎゆきて濃霧にひとすじ波の立ちいる

春一番に裸樹の水木の撓う影するどき花芽の窓に弾めり

「生産緑地」にブルドーザーの影動き土塊もこもこ崩れつつ光《て》る

百武彗星の近づく夜半に仰ぎ見し北極星の凍てし瞬き

街路樹

逞しく柔軟であれと市民の木に「柳」決まりぬ杳き日なりき

街路樹に柳植えつぎ三十年　風切るつばめと蜻蛉待ちいき

雛の日の柳青めり朝風にさわさわ靡きはしる光芒

園児らの柳やなぎの声響き小枝めがけて今日も跳びつく

芽柳の糸に触れいる乳母車幼の声してそこだけ眩し

一輪車の少女の両手翼なり木陰にさっと一陣の風

日盛りを柳並木に涼求むる日傘・夏帽に蟬時雨降る

葉を垂れて柳はひそと眠りいる深まる秋への祈りの如し

一斉に柳大樹の伐られたり切り口白く樹液光れり

都市計画どこかさみしき夢なりや　街路樹欅芽吹き初めにし

秋風

しなやかに揺れつつ萩の咲きしだれ秋日の下のあわき紅

あるなしの風にも揺るる萩の花秋の音色をふりこぼしゆく

彼岸花の怪しく咲ける休耕田風走るとき大き渦巻く

紫式部とだれが名づけし花どきも実も紫に染みて艶めく

また会えるつもりの別れが最後なり伯母の葬りに雨の朝発つ

車窓より雨に煙れる谷見えてひかりをひきて霧たちのぼる

いちめんに黄金の稲穂波立ちて走る光芒薄霧の中

四日市臨海地帯の煙突群むっくむっくと煙吐きつぐ

雨上がりの名古屋の街に秋日さしかつても今も街の明るし

「やがてゆく高野の聖地詣でたし」の願い果たせぬこの歳月を

晩秋の白浜

紺碧の沖盛りあがり荒波の三段壁に砕け散りゆく

絶壁に寄する海鳴り波しぶき真夜も轟く海のはげしさ

そそり立つ三段壁の洞窟に舟を隠しし熊野水軍

白浜の海にひろがる千畳敷車くるまの間に潮の香

海の上を流るる巨き雲の影ゆったり往きてかえる日のなく

白浜の海暮れなずみ遠近にホテルの灯影あわく息づく

紅葉の丘より見ゆる熊野灘朝陽にきらめく一ひらの雲

天も海も真青に光る凪の朝水平線の白さなつかし

熊野灘のかなたに霞む島の影稜線あかるみ四国あらわる

朝の陽を浴びて落葉のかさかさと帰る土なき舗道を走る

『貨車北上す』を読みて

『貨車北上す』を深夜読みつぐ　悲惨なる戦闘生生しかりき

青年将校野手憲一の歌人の眼　ソ満国境戦リアルに見つむ

殺すか　殺されるかの生き地獄　戦車二百に砲四百噴く

中隊長　連隊長につぐ分隊長の戦死　慟哭の声す

壊滅の部隊率いし先生か　無念の屍見とどけぬ異国に

「日ソ不可侵条約」をソ連破棄　米英中ソすべて敵なりき

「玉砕など美化されし語か」サイパンに玉砕の叔父も学徒兵なりき

シベリヤに抑留の日日原始林・雪原・結氷「死」忍び寄りき

シベリヤに果てし学徒の手記を読む「雪は岩か堅き塊か」と

（『きけわだつみのこえ』より）

賞受けし「皇威普萬里」の軸半世紀経てそっと取り出す

初夏

乗り降りのホームの梁の燕の子光に向きて嘴をあけおり

雑踏のホームに三羽の雛の声光をひきてやがて巣立たん

鳴く雛に応える幼の声ひびき初夏のホームに朝の陽眩し

雨足の白く光れる石畳　紫陽花の藍したたりやまず

雨上りの光に向きてむらさきの都忘れは楚楚と咲きいる

雨しぶく真夜の舗道の青白さ雨音のみの闇の広がる

雨雲の西へ流るるあわいより茜雲見え淡く光れり

スカーフを風に靡かせ亡き友の自転車にゆく後姿の顕つ

ありし日の声の聞こゆる山の辺の何処をゆかん若葉萌ゆるに

御子息より臨終《いまわ》の言葉伝えらる　受話器握りて声失いき

皆既月食

仲秋の名月覆う食の影　静かに動き闇となりたり

満月を蝕みてゆく闇深し次の月食は来世紀とう

「名月に皆既月食　無気味だね」「地球の影よ」と老人と少女

月食のあとのしずもり一すじに鉦叩き鳴き夜の更けゆく

台風の去りたる夜半の十五夜に皆既月食　ドラマの予感

月食の空に流るる雲の影昏き海ゆく水脈に似て

闇の夜の雲間に滲むきらめきの弧となり遂に満月生れぬ

雲間より妖しくゆるる弧のひかり軌道に月の深き光彩

手帳

陸橋の向こうに沈む陽の光さざ波のごとわれに寄せくる

雨上がりの高速道に虹のかげ個性の彩に車体光れり

夜半の風に欅の大樹葉を落し枝のびやかに冬を描けり

裸木の欅の梢の空にのびて高所にゆるる青き月光

一年の手帳に残る哀歓か夜更けにたどる乱れたる文字

暖冬の庭に咲きつぐ山茶花の乾きし土に紅の鮮らし

新年の光を浴びし花水木つぶらなる実のみな天を指す

長野五輪

善光寺の梵鐘響く長野の町　重き音色の余韻嫋嫋

山と雪の諏訪の素朴な木遣り歌古代の響きに御柱建つ

雪ん子の「輪になって踊ろう」の弾む声はじける笑顔に七彩の風

「歓喜の歌」が世界の都市と長野をつなぐ地球を包む大合唱

モーグルの続く斜面の滑降に研ぎすまされし里谷の技冴ゆ

飛ぶ夢も駆け抜くる夢も氷雪の中に秘められ雪山まぶし

金メダルを亡父に母にとダッシュするスピードスケート清水の迫力

滑降の風を切る音　どよめきの響く雪山　船木ジャンプす

団体ジャンプ吹雪の中をK点越ゆ　白銀に描く金の航跡

杳き日に足失いし乙女なり　光る雪山いま滑降す
（パラリンピック）

野島断層

広げたる白き翼に風はらみ鳥海峡を悠悠と渡る

渦潮の大波しぶくデッキより見ゆる淡路の島影杳し

断層の地表大きくひび割れて身の丈ほどの陥没つづく

生垣も畑の畝も隆起して崩れ落ちたり野島断層

街灯に表情ありて雨の夜は愁いのあかり淡くゆらめく

春雨の夕べ街灯うるみゆく花柄の傘つと立止まり

降る雨に紫陽花のいろ華やぎて夜を染めゆく薄くれないに

一年生大きな傘と赤い靴にすっぽり隠れて走り過ぎたり

満開の桜の下を駆けてくる赤きランドセル夢がいっぱい

公園に錆びし自転車残されて車輪に朝顔赤く咲きいる

南部の里

潮の香の漂う駅に降り立ちて蜻蛉とび交う梅林をゆく

沖合いにうねり高まる波はしり浜に寄せ来て砂に沁む音

大岩にとどろく波の立ち上がり怒り打つごと砕け散りゆく

沖の波の寄せては返す海原の空に一点日の輝けり

太陽とともに生きつつ古代びと凪の朝日に神見つらんか

紀の海に秋日きらめき昼深し入江に一つビーチパラソル

黒潮の光と風に抱かるる南部山里　梅の豊けき

虫の音の澄みゆく夜半の梅林にひとすじ透るこおろぎの声

鳥の群れ夕空遠く消えゆきてしずもる山に揺るる残照

見下ろせば夜の潮のたゆたえりほのかに月のひかり及びて

新春

宙に浮く丸き地球に群青の印度洋ひらけ砂漠は白し

海と山　大地と河川を懐に抱く地球の自転しずかなり

チャド湖畔に続く畑の燃え尽きて不毛の黄土広がりてゆく

日の光国と国とを分ちつつ森林《やま》より流るる大河映せり

去年よりの不況にあけし新年の今宵満月　月照りわたる

夜半の庭に仰ぐ満月ま直ぐなる光透してわが影映せり

朝霧に欅並木のかげ見えて光り初めたりまぼろし色に

冬枯れの庭に彩り残しいる赤き山茶花今朝も散りゆく

凛として空を見上ぐる狛犬に銀杏散りゆき月冷ゆるなり

月光に花芽のあまたふくらめり趣き異なる紅白の木瓜

公園の春

初雪の朝の静もり　街灯のあわき光が雪に息づく

雪残る石の片方にいち早く萌ゆる雑草かすかに光る

しなやかに梢を過ぐる風にのり風の精かと辛夷咲き初む

三月の長き夕焼け　公園の裸婦の塑像の艶めきている

自転車の少女すり抜け笑い声遠ざかりゆく夕焼け小焼け

オリンピックの記念に植えし月桂樹芽吹ける枝に青き香のたつ

春雨に濡るる青桐明るみてあわき緑の幹の凛たり

芽吹き初むる公孫樹の葉先黄に萌えて星の輝るごと夕闇に冴ゆ

夕光に染まれる欅枝ひろげ幾重もの影絡みつ解れつ

もこもこと土盛りあがるひと所斑に光る双葉現わる

ほたる

新緑の欅並木にパラソルの見えかくれして夏近づきぬ

梅雨晴れの空に渦巻く風ありて並木さわさわ陽をこぼしゆく

初つばめ柳並木を斬るように光を曳きてまたひるがえる

護送車の速度落として入りゆく垣根に白きくちなしの花

花の香の漂う堺検察庁　扉を閉ざす音の響けり

庭隅に咲き昇りゆくグラジオラスひとつまたひとつ紅花開く

夏至の一日《ひとひ》　日の入十九時十五分　紫陽花の花闇に沈みぬ

紫陽花の藍より広がり露地に咲く真白き花まで華やぐ一日

くさむらをすっと飛び交う蛍火の刹那の点滅淡くはかなし

境内に群れ飛ぶ蛍かそけかり「祭囃子に蛍」杳き日なりき

東山

東山の連なる峰は比叡より稲荷山への由来残ると

東山に真向かう病窓《まど》に朝の雲茜に萌黄やがて白金

さざ波の光窓辺にひろがりて野鳥の声すしばしの安らぎ

東山に潮さすごとく鰯雲光をひきて空を移ろう

大文字の送り火の霊山《やま》如意ヶ嶽に大の文字跡白く残れり

東山の霧晴れゆきて濃緑の山襞みゆる朝の一瞬

秋空に翼広げし鳶一羽気流にのりしか宙にとどまる

山覆う真白き霧の晴れゆきて彼方に山の頂き現る

月光に照らし出されし東山千年の闇満たし鎮もる

空も地も茜に染みて夕陽落つ西山の空しばしの余光

幻の川

堺の町北から南へ流れいし土居川今は幻の川

夕映えに染みて流るる川の辺を蜻蛉追う子の声ひびきたり

土居川を埋めつくして阪神高速路　空の果てまで車流るる

夕闇の静かに迫る高速路に水銀灯の火影ゆらめく

東雲の空明け初めぬ新しき年の高速しばし静もる

あかあかと夕日を浴びて辛夷の芽銀の和毛の空に光れり

冬雲の空に広がる夕つ方欅並木に風の渦舞う

散り残る欅の黄葉舞い上がり吹かれ吹かれてさんざめく彩

公園の銀杏裸木に風わたり樹肌ほのかに匂いくるなり
雨上り銀杏の残り葉音もなく散りゆくときの束の間なりき

早春

早春のひかりの中の寒椿八重の紅庭隅染むる

陽を浴びて枝移りする鵯に椿の花のまた一つ落つ

紅椿早くも色の移ろいて光曳きつつ炎えつきてゆく

庭石も樹も甦る春の庭芽吹きし桃の蕾ほつほつ

東より西へと移る陽の光　水仙・連翹黄の花盛り

さるすべりの裸木の幹のなめらかさ西日を浴びて暫し艶めく

街路樹の欅裸木の梢の先かすかに揺るるみどりの芽吹き

満開の桜の中の裁判所束の間の春しばし平穏

信号が青に変われば俯瞰する車列疾走馬のごとくとび出す

歩道橋に刻の流れを見ておりぬ自転車走りベビーカー急く

噴水

さわさわと水の音する噴水の飛び石添いに鳩並びいる

噴水を止めいる夏の公園に遊び場一つ噴水の池

噴水に虹たたしむる瞬間《とき》もなく水槽洗う夏の終わりに

さわさわと水音響く噴水に虹たたしむる一陣の風

公園の噴水高くふき上げて微塵の光はずむ一瞬

街路樹の葉陰にしかと蟬の殼初夏の光に微かに揺るる

初夏の光そそげる公園の欅大樹に蟬時雨降る

長雨に濡るる青桐明るみてあわき緑の幹の凛たり

繁り合う樹々おのおのの声もちて風に鳴きいる夜の公園

裸木を照らす満月梢までくまなく映す悲しみの色

オリンピック

今世紀最後の五輪シドニーに十一万の選手競いぬ

さくらさくらの曲の流れにカラフルなマント靡かせ選手入場

「アリラン」の行進曲に手をつなぎ南北朝鮮選手の入場

南北の旗手の支える「統一旗」風をはらみて高々とゆく

国境なき白地に青の「統一旗」に歓喜の拍手スタンド揺らす

金メダルの高橋選手「すごく楽しい四十二km」ゴールの笑顔

シンクロの華麗な演技　火の鳥を速きテンポで水に舞い跳ぶ

田村選手悲願の金へロシア選手に一本勝ちの投げ技かけぬ

競泳の田島選手は銀メダル「めっちゃ悔しい。金がいい」

体操の女子選手らは練習のきびしさを秘め動きしなやか

新春

冬枯れの樹々の間に初日見え赤き陽の彩空にたなびく

裸木の銀杏の落葉重なりて渦巻きながら歩道走れり

新年の空晴れ渡り公園に和洋の凧の高々と舞う

朝の陽に空に舞う凧父と子の龍とアトムの競う一刻

遠近に柿の木ありて夕光に熟れたる柿のそれぞれの色

紅葉散り樹の実落ちきて冬に入る夕暮れの雲空おおいつつ

鴨川の昏れゆく岸に白鷺のじっと立ちいる流れの中に

かるたへの沓き思いをようやくに孫に読みやる百人一首

いち早く花屋に春のいろを見て抱えて帰る一日の喜び

新しき年の満月冴えわたり裸木の影の蒼く冷えゆく

白梅

白梅は今盛りなり春の陽につつましく輝りその香かぐわし
花に降る光さんさん　梅が枝に過ぎゆく風のきらり煌く

流れゆく景色の中の白梅は遠い別れを風に告げゆく

突風に吹きさらされしつかの間を紙切れのごと白梅震う

川沿いの菜の花畑の黄の帯に川つやめきて土手の明るき

菜の花を抱えて帰る少女らの一気に駆けゆく土手の上まで

少年が犬と駆けゆく土手の上沈む夕日の円に入りたり

照り翳る葉桜の影を映しつつ川の流れは曲りゆきたり

休日の桜並木に人溢る　四十年前、川だった此所に

椿なお残りの季《とき》を咲きつぎて小さき紅花雨に濡れいる

夏の近づく

花季のたちまち過ぎし木の下を光を踏みて鳩と人ゆく

樹の匂い花の香りにむせる道鳩の群れ鳴く社の真昼

人絶えてどこかせつなき夕暮の木の間に鳥の声移りゆく

群れ鳥のかえりゆくとき雲流れ余光に染みてやがて消えたり

朝風に柳さわ立ち初つばめふたたび三たび風を切りゆく

濃く淡く光る緑の葉の匂い萌ゆる梢のしばし眩しく

黄の帽子並木に添いて走りゆきつと立ち止まる蟬鳴く声に

さみどりの水田の向こうに新興の街は異郷のごとく展がる

雨雲の切れて広がる青空に紫陽花の藍したたりやまず

噴水の向こうに見ゆる少女のかげ光たばねし虹にゆれいる

孫への想いを詠んだ歌。少し体調の良い時に出かけた旅先で詠んだ歌。何気ない日常の心温まる歌。

今、これらの歌を読んでみると、義母が何を思い、何を心に刻んで生きてきたかが手に取るように分かります。義母は、歌だけではなく、生きることにも、一つひとつ積み重ね、大きく豊かにしていく人でした。そして、それもまた、私達に引き継がせてくれました。

そんな義母に感謝しながら、遺歌集に取り組むことが出来たことを嬉しく思っています。

短歌の会でご指導をいただいた野手憲一先生、そして香川勇様を初め、会の皆さまには大変お世話になりました。心より御礼申し上げます。

また、出版に当たり、青磁社の永田淳様には、大変ご尽力いただきました。ありがとうございます。

そして、力添えをしてくれた親戚、友人、子ども達に感謝の気持ちを捧げます。

二〇一六年十一月六日

高野　博子

歌集　実りて光る

初版発行日　二〇一六年十二月七日
著　者　高野敏子
定　価　二五〇〇円
発行者　永田　淳
発行所　青磁社
京都市北区上賀茂豊田町四〇―一（〒六〇三―八〇四五）
電話　〇七五―七〇五―二八三八
振替　〇〇九四〇―二―一二四二二四
http://www3.osk.3web.ne.jp/~seijisya/
装　幀　上野かおる
印刷・製本　創栄図書印刷

ISBN978-4-86198-367-2 C0092 ¥2500E